— Une foule considérable assistait samedi à la vente de vingt tableaux de prix provenant de la collection Marcotte de Quivière.

L'œuvre la plus importante de la collection de M. de Quivière était la célèbre toile l'*Odalisque à l'esclave*, de Ingres, toile qui a été tant de fois reproduite par la gravure. Elle a été adjugée 59,000 francs.

Un Troyon, *le Retour à la ferme*, 35,000 fr.; *l'Abreuvoir*, du même, 25,750 fr.; *les Grands chênes*, de Théodore Rousseau, dont on demandait 15,000 fr., 25,050 fr.; un petit paysage, du même, 13,650 fr.; un Bouguereau, *les Joies maternelles*, 18,200 fr.

La vacation a produit 224,650 fr.

PRÉCIEUSE COLLECTION

DE

M. L... M... DE Q...

20 TABLEAUX

MODERNES

DE PREMIER ORDRE

ET DONT LA VENTE AURA LIEU

HOTEL DROUOT, SALLE N° 1

LE SAMEDI 24 AVRIL 1875

à trois heures

EXPOSITIONS

PARTICULIÈRE	PUBLIQUE
Le Jeudi 22 Avril 1875	*Le Vendredi 23 Avril 1875*

De 1 heure à 5 heures

Mᵉ CHARLES PILLET	M. HARO ✳
COMMISSAIRE-PRISEUR	PEINTRE-EXPERT
10, rue de la Grange-Batelière.	14, rue Visconti et rue Bonaparte, 20.

1875

CONDITIONS DE LA VENTE

Elle sera faite au comptant.

Les acquéreurs payeront *cinq pour cent* en sus des adjudications.

Paris. — Typ. PILLET fils aîné, 5, rue des Grands-Augustins.

L'inédit, en fait de peinture, a toujours un grand charme, et, par le temps qui court, où les mêmes tableaux passent et repassent devant le public, changeant dix fois de possesseurs, ne se classant point et devenant chaque jour l'objet d'une spéculation nouvelle : on éprouve une certaine satisfaction et quelque surprise, à voir réunies des œuvres de choix qui ont passé directement de l'atelier de l'artiste dans le cabinet de l'amateur, y restant de longues années sans être déflorées par ce va-et-vient périlleux des enchères publiques.

Le cabinet de M. M... de Q... ne se compose que de *vingt tableaux* modernes : deux toiles de *Ingres*, — deux de *Troyon*, — deux de *Théodore Rousseau*, — une de *Decamps*, — une d'*Isabey*, — une de *Ziem*, — une de *Taunay*, — une de *Granet*, — une de *Corot*, — cinq de *Chasseriau* — et une de *Pasini*.

M. Ingres est représenté par deux toiles, toutes deux célèbres et popularisées par la gravure : *le Tintoret et l'Arétin*, et *l'Odalisque à l'Esclave*.

L'Odalisque a été peinte vers 1835, au moment où l'artiste venait d'être nommé directeur de l'Académie de France à Rome. Théophile Gautier a décrit cette toile d'une façon magistrale. « C'est, dit-il, une jeune femme blonde accablée des langueurs énervantes du sérail et penchant sa tête sur ses bras entre-croisés parmi les flots de sa chevelure ruisselante ; son corps, demi-nu, se tord dans une pose contractée par un spasme d'ennui. — Peut-être quelque secret désir inassouvi, quelque folle aspiration vers la liberté agite cette belle créature, enfermée vivante dans le tombeau du harem, et la fait se rouler sur les nattes et les mosaïques. Une jeune esclave abyssinienne, dont la veste entr'ouverte laisse voir la gorge fauve comme le bronze, est agenouillée près de la favorite blanche et lui joue sur le tchébégour quelques-unes de ces mélodies sauvages qui endorment la douleur comme un chant de nourrice. — Au fond se promène, d'un air maussade et soupçonneux, un eunuque noir attendant la fin de la crise ou la redoutant. Tous les détails de costume et d'ameublement ont cette scrupuleuse fidélité locale qui est un des mérites de M. Ingres. Il est impossible de mieux peindre le mystère, le silence et l'étouffement du sérail ; pas un rayon de soleil, pas un coin de ciel bleu, pas un souffle d'air dans cette chambre ouatée, imprégnée des parfums vertigineux du tomback, de l'ambre et du benjoin, où s'étiole, loin de tous les regards, la plus belle fleur humaine. » L'œuvre est rare et exquise, et la réputation de cette toile n'est plus à faire.

Le Tintoret et l'Arétin est un petit tableau de chevalet
très-exécuté. Le sujet est bien connu : L'artiste vénitien,
mécontent des critiques de l'Arétin, le voyant entrer chez
lui, prend avec son pistolet la mesure du corps de l'écrivain.
Cette toile a été peinte vers 1848; elle avait pour pendant
dans la Galerie : *l'Arétin et l'envoyé de Charles-Quint.*
On s'étonne de voir comment le peintre de l'*Apothéose
d'Homère,* passant d'une œuvre monumentale à un épisode
aussi restreint dans ses dimensions, a su exprimer d'une
façon aussi profonde les émotions diverses qui devaient
agiter ses personnages.

Le *Decamps* de la collection n'a point été gravé; il repré-
sente un paysage d'Orient plein de lumière, avec de beaux
horizons d'un grand style qui rappellent les fonds des scènes
bibliques et les collines bleuâtres qui forment le champ de
bataille où s'entre-choquent les Cimbres et les Teutons.

Troyon se présente au public avec deux sujets très-diffé-
rents, qui lui servent à déployer des qualités variées et à
exprimer deux notes bien distinctes, qui souvent s'excluent
l'une l'autre.

Le Retour à la ferme a été peint dans le Midi, aux envi-
rons de Bordeaux : Sur une large route, à l'abri de grands
arbres d'une fière tournure, comme ceux des Quinconces,
qui portent une grande ombre sur le sol et enveloppent

les personnages et le troupeau dans la demi-teinte, les bêtes
aux pas lents et massifs rentrent à l'étable. C'est le soleil du
Midi et la lourde atmosphère de l'été. L'impression est
double; elle est produite d'abord par l'assiette de la composition et les lignes grandioses du paysage, ensuite par les
qualités inhérentes au génie du peintre : ses dons d'enve-
loppe, sa touche grasse et large, son sentiment du plein air.
Les animaux du premier plan, qui font admirablement va-
loir ceux des derniers, tout imprégnés des vapeurs qui s'élèvent de la terre brûlée par le soleil, sont en pleine lumière,
très-étudiés, très-exécutés, et dessinés avec une science profonde du geste et de l'allure de ces graves animaux. C'est là
une œuvre importante par le style et le rendu, et il est diffi-
cile, après l'avoir vue, de se rendre un compte exact de la
dimension réelle de la toile, tellement la ligne du tableau a
de grandeur et de noblesse.

La seconde œuvre de l'artiste est d'une délicatesse d'impression qu'on ne soupçonnait peut-être pas chez Troyon.
Certes il est sain, robuste, abondant, large dans l'expression
comme dans la touche; il sent la nature; on le voit peignant
en pleine prairie, en plein air, en face des vaches lentes et
belles « qui paissent dans l'herbe abondante, au bord des
tièdes eaux », il sait rendre à merveille la fraîcheur des
matins et les légères brumes du soir; mais dans cet *Effet
de pluie*, qu'il a si souvent cherché d'ailleurs, il y a une note
légère et charmante, tout idyllique et absolument juste: La

toile est en hauteur. Au premier plan, dans une prairie baignée par des eaux peu profondes et qui reflètent le paysage
comme un miroir, un laboureur baigne son cheval, et des
anards pataugent au milieu des herbes. De minces peupliers aux troncs dénudés, frappés par la lumière, s'élèvent
sveltes et légers, mettant une douce note grise sur un ciel
d'orage tout plombé. Les nuages vont crever en pluie, mais
le soleil peut sourire, et il vient de se cacher à peine. C'es
un petit morceau de nature exquis, très-aimable et très-observé, d'une grande délicatesse de touche. Il serait possible
que cette jolie petite toile ait été entièrement exécutée sur
nature, le choix est charmant et le motif est bien français.
Nous connaissons tous ce site-là dans nos campagnes.

A côté de *Troyon*, *Théodore Rousseau*, dans deux œuvres
d'une exécution très-poussée, d'une coloration puissante et
d'une science accomplie du tableau, nous montre comment,
par des moyens si essentiellement différents, avec un idéal
tout autre, on peut arriver à produire une grande impression sur le spectateur. L'une de ces deux toiles, avec son
ciel qui ressemble au cœur d'une claire agate, ses chaumières aux toits bruns et chauds, ses terrains succulents, sa
lumière vibrante répandue dans l'atmosphère, égale les célèbres petits panneaux de la collection Rothschild.

L'autre, les *Grands Chênes*, est tout à fait magistrale,
dans un cadre restreint à de petites proportions. C'est l'im-

pression des fameux *Châtaigniers*, rendue d'une brosse soigneuse et légère, qui sait conserver sa franchise et sa liberté dans un sujet qui est fait pour être vu de près. Ce numéro 15 de la Collection est très-important, et donne une bien haute idée de Rousseau.

Isabey, si pimpant parfois, si jeune, si libre, si personnel enfin, figure dans ce cabinet avec une toile, *la Rentrée à la Sacristie,* qui peut passer pour une des meilleures de sa dernière période. La *Sacristie* avait frappé les amateurs lors d'une exposition au Cercle de la place Vendôme. L'architecture, claire et argentée dans le grand parti pris de demi-teinte, est tout à fait remarquable. Il y a du maître dans ce joli fantaisiste-là. L'immense toile du Tintoret ou du Bassan que l'artiste a accrochée dans un angle de la salle et qui forme tout un coin du tableau est d'un ton superbe. Dans ce bel intérieur, vénitien sans doute, sacristie de quelque *scuola* qui nous aurait échappée, les blancs surplis, les riches chasubles, les notes rouges des *soli-deo* des enfants de chœur, et les grandes croix d'argent des diacres font des taches brillantes, pleines d'harmonie sonores, et luttent d'éclat avec les reflets des vitraux sur les grandes dalles.

A côté d'Isabey, il est curieux d'avoir à citer Blaise Desgoffes, dont le nom arrive là comme une antithèse au bouillant et charmant vieillard qui a peint la *Sacristie*. Les *Fleurs et Bijoux* sont, quoi qu'on en ait, un étonnant tableau, qui ravira sans doute ceux qui recherchent la peinture très-faite et l'exécution poussée à outrance. C'est en vain qu'on cherche à se rendre compte du procédé par lequel, dans la représentation des groseilles blanches qui forment le centre du tableau, l'artiste a pu rendre les pépins et le cœur du fruit sous la transparente épiderme

Les Joies maternelles, de M. *Bouguereau,* étonnent aussi par une fermeté et une solidité d'exécution dans les nus; on cherche la date de cette toile, où il y a des morceaux serrés et virilement rendus qui rappellent la manière des peintres de l'Ecole lombarde.

Corot figure chez M. M. de Q. avec un paysage d'un ton solide, plus écrit que ne furent ses dernières œuvres. et qui a les qualités qui distinguent ce maître.

Un homme dont les toiles sont rares dans les ventes, *Théodore Chassériau,* enlevé si jeune après un grand succès, le *Tepidarium;* et un grand effort, la peinture murale de Saint-Philippe-du-Roule: ne compte pas moins de cinq de ses œuvres dans le cabinet de M. M... de Q...

Sur ces cinq, deux sont importantes; l'une est une répétition du *Tepidarium* du Luxembourg, plus petite que l'original, et vient directement de l'artiste. L'autre est curieuse en ce sens qu'on voit bien en face d'elle que le peintre qui ne sut jamais se dégager tout à fait d'une double et profonde impression ressentie dès sa jeunesse, poursuivit cet idéal d'allier à la forme de M. Ingres la couleur d'un Delacroix. C'est dans une *Vénus anadyomène* que cette tendance est surtout transparente; la fille de l'onde amère, nue sur le rivage, tord ses longs cheveux blonds mouillés, pleins d'écume qui ruisselle en perles irisées par la lumière sur son beau torse largement modelé.

Une *Bacchanale de Taunay*, tableau très-fin et curieux. un *Ziem* très-lumineux, une vue prise du côté des Martigues de Marseille, un *Granet, la Bonne Année*, et un *Pasini, Marché devant une mosquée*, tableau bien clair, bien léger et lumineux, où l'architecture est très-habilement faite et les personnages sont pleins de caractère. complètent cet ensemble intéressant et qui, nous n'en doutons pas, donnera raison à l'amateur éclairé qui l'avait su former il y a bien des années, avec une initiative et une indépendance qui ont leur prix aux yeux des artistes.

CHARLES YRIARTE.

TABLEAUX

MODERNES

DÉSIGNATION

~~~~~~~~~~

BOUGUEREAU

18.200

1. *Les Joies maternelles.*

Signé et daté 1863.

Toile. Haut., 114 cent.; larg., 86 cent.
~~~~~~~~~~

CHASSÉRIAU

(TH.)

1.000.

2. *Tépidarium.*

Salle où les femmes de Pompéï venaient se reposer
et se sécher en sortant du bain.

Signé à droite Th. Chassériau, 1854.

Toile Haut., 86 cent ; larg., 133 cent.

CHASSÉRIAU

(TH.)

3.220.

3. *Vénus Anadyomène.*

Signé à droite et daté 1838.

Toile. Haut. 65 cent.; larg., 54 cent.

CHASSÉRIAU

(TH.)

4. *La Toilette d'Esther*.

Signé à droite et daté 1841.

Toile. Haut., 46 cent.; larg., 38 cent.

CHASSÉRIAU

(TH.)

5. *Femmes juives berçant un enfant*.

Signé à droite et daté 1851.

Toile. Haut., 55 cent.; larg., 46 cent.

CHASSÉRIAU

(TH.)

450.

6. *Les Femmes d'Arles.*

Signé à gauche et daté 1851.

Toile. Haut., 34 cent.; larg., 25 cent.

COROT

3.400.

7. *Le Pâturage.*

Paysage et animaux.

Toile. Haut., 39 cent.; larg., 40 cent.

DECAMPS

8. *Paysage avec figures.*

Effet de soleil couchant.

Toile. Haut., 33 cent.; larg., 40 cent.

DESGOFFES

(BLAISE)

9. *Fruits et Bijoux.*

Signé à gauche et daté 1863.

Bois. Haut., 55 cent.; larg., 61 cent.

GRANET

10. *La Bonne Année.*

Une servante sonne à la porte, apportant une corbeille d'oranges.

On lit sur le mur : « Granet, pour la bonne année 1809. » Et sur la lettre : « A mademoiselle Gérard, à Rome. »

Toile Haut., 34 cent.; larg., 27 cent.

INGRES

11. *L'Odalisque à l'Esclave.*

M. Ingres peignit *l'Odalisque à l'Esclave* quand il était directeur de l'Académie de France à Rome. Le type adopté par M. Ingres est un type noble présentant le double caractère de la volupté et de la force. La figure de l'Odalisque couchée, peinte avec tant d'amour et une science du modelé si admirable, justifie bien l'heureuse expression de Th. Gautier, qui l'appelle : *la plus belle fleur humaine.*

Signé à gauche J. Ingres, Rome 1839.

Toile. Haut., 77 cent.; larg., 35 cent.

INGRES

12. *Le Tintoret et l'Arétin.*

Arétin ayant mal parlé du Tintoret, celui-ci l'invite
à venir chez lui pour faire son portrait.

Avant de commencer, le Tintoret s'avance armé
d'un long pistolet avec lequel il le mesure de la tête
aux pieds en lui disant froidement : « Vous avez
deux mesures et demie de mon pistolet.

Signé à gauche et daté 1848. — Très-fine et très-
charmante peinture.

Toile. Haut., 45 cent.; larg., 46 cent.

ISABEY

13. *Rentrée de la procession à la sacristie.*

Signé à gauche et daté.

Toile. Haut , 61 cent., larg., 83 cent.

PASINI

3.000.

14. *Marché devant une mosquée.*

Composition animée de petites figures délicatement
peintes.
Signé à gauche A. Pasini, 1872.

Toile. Haut., 57 cent.; larg., 56 cent.

ROUSSEAU

(TH.)

25.050.

15. *Les Grands chênes.*

Œuvre capitale, malgré sa petite dimension.
Paysage.
Signé à gauche.

Toile. Haut., 16 cent.; larg., 40 cent.

ROUSSEAU

(TH.)

13.650

16. *Paysage.*

> Au premier plan, un pêcheur dans sa barque, plus loin une prairie, et dans le fond, une ferme entourée d'un grand massif d'arbres.
> Ciel orageux.
> Signé à gauche.

Bois. Haut., 16 cent.; larg., 22 cent.

TAUNAY

1.100

17. *Bacchanale.*

> Signé à gauche à la pointe.

Bois. Haut., 19 cent.; larg., 26 cent.

TROYON

18. *Le Retour à la ferme.*

Un troupeau de vaches, à l'heure de midi, traverse
une grande allée ombragée pour retourner à la ferme.
Tableau important, exécution magistrale.
Signé à gauche C. Troyon.

Toile. Haut., 62 cent.; larg., 91 cent.

TROYON

19. *L'Abreuvoir.*

Effet de pluie. Paysage et animaux.
Tableau remarquable par son exécution pleine de
charme et de vérité.
Signé à gauche et daté 1851.

Bois. Haut., 54 cent.; larg., 39 cent.

ZIEM

20. *Vue des Martigues.*

Soleil couchant.

Signé à droite.

Haut., 44 cent.; larg., 62 cent.

9 782329 396897